生如夏花

朱丽敏　著

中国书店

图书在版编目 (CIP) 数据

生如夏花 / 朱丽敏著 . — 北京: 中国书店，2019.4

ISBN 978 - 7 - 5149 - 2147 - 2

Ⅰ . ①生… Ⅱ . ①朱… Ⅲ . ①诗集 – 中国 – 当代 Ⅳ . ① I227

中国版本图书馆 CIP 数据核字（2019）第 051642 号

生如夏花

朱丽敏 著

责任编辑 杨 宇

出版发行 中国书店

地　　址 北京市西城区琉璃厂东街 115 号

邮　　编 100050

发　　行 全国新华书店经销

印　　刷 三河市荣展印务有限公司

装帧设计 北京大观世纪文化传媒有限公司

开　　本 635mm × 965mm 1/16

印　　张 15

字　　数 24 千字

版　　次 2019 年 7 月第 1 版

印　　次 2019 年 7 月第 1 次印刷

书　　号 ISBN 978-7-5149-2147-2

定　　价 39.00 元

目 录

IV ······ 生如夏花

青春与爱之歌（自序）

有时候我觉得，艺术其实就是用各种让人眼花缭乱的迷人花样来填补及诠释人生，而诗歌，也正是这许多花样中的一种，不过，与其他的艺术形式相比较，诗歌当然自有其独特性。

首先，我以为诗歌似乎是属于青春的，因为在年轻的岁月里，我们往往心境纯净、际遇美好、诗意跳跃，很容易就会走向许多陌生的地方，遇见这个千娇百媚世界里的各式新鲜风景，同时也遇见很多能与自己心灵相沟通的快乐同龄人，并产生深深浅浅的情谊。在人生的这个阶段，我们的心是轻松的、欢快的、飘飞着的，诗意在这样的心灵中自然就会滋生。而在走过青春之后，我们回望过去，它却像极了一场远逝去的美丽又轻浅的梦境，逝者不可追，但你阅读过或亲手写下的那些诗句却记录了个人青春梦境的美妙。

写到这里，我突然想起李泽厚先生在《美的历程》一书中，曾用“青春——李白”为题来诠释盛唐艺术所奏出的最强音，当然其中又尤以诗歌为甚，在他看来，盛唐就正仿佛是中华民族美好的青春年华，而那之后，我们民族的诗歌创作似乎就瑰丽不再了。是的，诗歌确实和青春息息相关。

其次，我想诗歌是属于爱的。爱是人生永恒的秘密，人们反复地、努力地论述它，却又往往觉得词穷语拙，因为爱也许无法被认真解释。在无数关于爱的说法中，我较为喜欢卡夫卡的这段话，他说:“什么是爱？这其实很简单。凡是提高、充实、丰富我们生活的东西就是爱。通向一切高度和深度的东西就是爱。”我相信，爱是与我们身上最温柔、最宽容、最善良、最纯洁、最灿烂、最坚强的部分相连接的，因此我常以为，诗歌的最大主题应该就是对爱的热烈咏叹，歌唱爱的诗句也会是最动人的。而人生之爱无边无际，因之，美好的诗句也就永远没有写尽的时候。

是的，青春与爱，这本诗集基本就是关于我个人青春梦境中点点爱意的一种记录，所以它对于我而言是弥足珍贵的，就像我渐已远去的青春时光一样珍贵。不过，在个人心境的特殊性之外，我想这些诗歌也必定有某些普遍性，因为人们对于青春和爱的记忆，本有许多共通之处。

当然，诗歌还是属于语言的，属于凝练简洁的语言，有一次我偶尔读到作家王小波说过，好的文字“有一种水晶般的光辉，好像是来自星星”，这时我立刻就想到了诗，想到了历史上一些熠熠生辉的诗句，后来，哈哈，居然也想到了我自己的一些诗句，比如《飞翔》，比如

《荷》，于是我就很欣喜，似乎我的某些作品也已具备了这样的闪光特质。很久之后，我才发现原来王小波的这句话原本就是用于评论“真正的好诗”的，并且他好像还说道：“我希望自己能写这样的诗，我希望自己也是一颗星星。”

另外，诗歌一般还应具有某种音乐性，它们常常就是以一种特殊韵律对生命的自由吟唱。尤其是在中国，诗与歌一向有着极为密切的关联，比如中国最早的诗歌总集《诗经》就是由周代的民间歌谣、周人的正声雅乐以及宗庙祭祀的乐歌组成。而在唐宋时期，许多美妙的诗词都曾经被配曲吟唱并流转于世间。大诗人泰戈尔也曾指出，韵律起着河岸式的界限作用，它赋予语言以形式、美和特征，韵律的严密束缚使语言产生了形式美、运动美和音乐美，以及力量。因此，我在写作中，常常也会希望自己的一些诗能谱上曲被歌唱出来。

以上这些，就是到目前为止我个人对诗歌的一点浅显认识，在此与也许同样喜欢诗歌的你分享。

朱丽敏

2019 年 2 月

一

谜语

般若波罗蜜

生命是一道谜语

我猜不出答案

谜语

般若波罗蜜
生命是一道谜语
我猜不出答案
只是
在红花前驻足，在绿叶间穿梭
静默地阅读着
万物静默如诗

在春天里
我们遇见
色彩、快乐以及容颜
而当秋深了
所有的叶片就纷纷吹落
大地于是具有了新的纹理
般若波罗蜜

般若波罗蜜，一声一声
生命就是一道谜语
无人知道确切答案

只是——

春会再次、再次地到来

听到你的召唤

我会再次、再次地苏醒

再次嗅见

新绿的芬芳

再次面对

湖上莲花

啊，这满世界的清香

和生的欢畅

般若波罗蜜

生命它是一道永恒的谜语

我们也许并不需要知晓答案

2014/07/03

我喜欢

我喜欢春华秋实的美景
喜欢蓝天上抹着洁白的云
喜欢轻轻的风
拂过年青快乐的面庞
喜欢我们高高的笑声
飘扬在白桦林

我喜欢长长的流水
穿越过宽广的草原
喜欢皑皑的白雪
与大地温柔地拥抱
我也喜欢那翠绿的山上
永远翠绿的幽静

我喜欢夜空的明月与星辰
喜欢苍茫大地上，苍茫的人群
喜欢一个人的斗室
有一个人的欢喜
更喜欢那漫长的旅程上

不断变换着的风景和心情

我喜欢人生的相遇与别离
喜欢所有的欢笑和忧愁
喜欢你一路的陪伴
和所有封藏着的记忆
喜欢那些关于爱的声音
在时空里
传唱——不息

2006/01/12

飞翔

天空蓝蓝的时候
我想在蓝天上飞翔
飞翔——就像快乐的鸟儿一样
也许随着那温柔的风
就去到了你的身旁

碧水清清的时候
我想在水面上飞翔
飞翔——就像自由的风儿一样
亲吻着那温情的水波
就拥抱了明媚春光

思念那远远的山林
我想在它的绿色上飞翔
飞翔——就像洁白的云朵一样
只要寻到了爱的方向
就化为雨丝轻轻滋润它

与你相遇的阳光灿烂里

我的天空是蓝蓝的
我的水波是清清的
我的山林是翠绿的
而飞翔着的我的心——
是快乐、自由、洁白的

飞翔啊——飞翔
像小鸟快乐在蓝天上
像清风自由拥吻碧浪
像白云飘落到爱的地方

2006/02/25

遇

是否——
我刻意选择了这一个季节
来与你相遇
我刻意找了那一个凉夜啊
来开始我们的春日

春阳温和多情
白色花又默然开放
且步且趋，我匆匆向你
一切曾经寂寞的心事
从此可能都转为欣喜

一片片溢彩的湖光
确是我心上久候的风景
但前方可有岸呢
前方可有我殷殷期盼过的
清亮的月

佛说，缘起缘灭

我说，从此不变

你在夜色中

相握我手

但笑，不语

1991/04

唯一

在林中

我已沉睡百年

做过什么样的梦呢

要做什么样的梦

倘你微笑着向我走来

雾气散去

我将终于醒来

面对——

唯一的你

1990/11/24

天使

我并不信仰上帝
但为何你仿佛就是传说中
他为幸运的我派来的
守护天使
从最初的一个纯真微笑开始
至今依然快乐地
并肩走在灿烂春阳里
我相信，你就是
我的天使

你是我的天使
理解我，相信我
陪伴我孤寂
支持我，疼爱我
一生的不离不弃

你
是我的天使
共享今生的快乐啊

也分担所有的风雨

美丽的人生，是因为

——有你

2006/04/15

般若波罗蜜

生命它是一道永恒的谜语

我们也许并不需要知晓答案

你

一如蝶儿
那日你轻轻飞临我身边
带来风，带来笑声
带来阳光和彩色的梦

一如春天来临
花儿开放
万紫千红的春光
只因你来到我身旁
只因你
为我展翅，为我绽放

哦，谢谢你
来到我身旁
从此梦里不再彷徨

谢谢你
来到我身旁
带来了无限春光

2006/04

等待

有人说，我们需要等待
所以我——
在岁月里等待你出现
在路途上等待你相伴
在生命里，等待你的欢颜

但是，只需要等待吗
在漫长的岁月里
你可会出现
在艰难的路途上
你可会前来相伴
在我的整个生命里
能否见到，你的笑脸

久候而不至
我是否应该
走遍世间去把你寻找
会否我们已经
对面不识而擦肩错过

那些深深浅浅的来径和去路啊
有多少的可能和失误

而我所等待的你
是否也一直在坚持着
你会否放弃希望呢
在某个受到诱惑的路口
在某些艰难或者轻松的时刻

生命也许需要等待
但它却从未承诺过——
只要耐心等待
你就一定会出现

2006/01/14

我的爱人

我的爱人从春的微雨中来
在扁舟上吟诵
在清波中翩跹
他是春天骄傲的儿子

在夏天里
他掬甜美清泉
于我的面前
共享清凉夏夜明月

我的爱人立在深秋
漫天灿烂的色彩
是我们细碎交织的
别后思念情感
（人生有快乐，就有忧愁）

在冬的深山
他与老树呓语
并雪藏那一份相思
于广阔天地

我的爱人啊

他在江南采莲

在塞北弯弓

在唐诗里吟唱

在宋词中凝眉

在时光的轮上

他向我微笑

他洁白的衣衫

正与天上的白云仿佛

那么多年过去了

我的爱人

他双鬓已斑白

但我永远爱着他

他笑的样子

忧的叹息

在青山边上

若传来情歌阵阵

那正是我的爱人

在将我盼望和等待

2002/04

想念校园

三月
春风微吹，柳枝吐芽
路上过来
闻到香樟淡淡的气息
更微微醉了

于是，想念校园
想念校园
玉兰又开一树白色花
纯洁，无暇

想念校园
鹅掌楸的叶子
在春风春雨中疯长
一天一个样

想念校园
想念我初遇你的地方
想念我最年轻最快乐的时光

1995/03/13

我和你

我快乐快乐的你的
明媚笑脸
所以我和你一起飞啊
在四月的微风里

我忧伤忧伤的你的
如烟眼眸
所以我陪在你的身边
心愿能分担你忧愁

我初遇初遇时你的
年少轻狂
是那样完美的季节啊
和我们无瑕的年少

我离去离去的你的
落寞背影
它停留在我的记忆
从青春直到暮秋

其实我拥有你
长长时光里的
许多许多
那一日相遇人海中
生命于是不再寂寞

2006/05/16

荷

是从清波中来
还是从污泥中来
其实并不十分要紧
你天生的纯洁
已然足够

仿佛上天赐予凡世的精灵
轻盈地
你在绿波上只有片刻的停留
也仿佛
有情人一滴饱满的
泪珠
在光阴里晶莹展绽
又
急速凋落

我是至此方才明白
原来三千片绿叶
都是为了你而来

为了你，才
静静等候

既然仿佛相知地凝视
那么你可能告诉我
你的故事
比如那生的痛楚，以及
一些快乐

2007/07/5

荷的生成

从清波中脱颖而出的
一片片，仿佛
赤子慢慢摊开了
伸向天空的双手
想询问一些难题的答案吗
也就承接了阳光雨露的关怀

而后随着晚风
在明月的夜色中
翩跹起舞又轻吟浅唱
并播放
阵阵清冷的香

那一点轻浅的粉色
是经过了黑暗
良久的孕育
花儿的光阴分外短暂
但也许
她们可以一年一年地

再次重来
啊，今年的这一朵
同于去年的那一朵吗

荷并无所索求
只是清风明月的夜夜繁茂
和碧水长天的心怀澄澈
来自黑暗而复归于黑暗
期待光明就一定能——
再见光明

在尘世
它终于不离不染

2007/06/25

四月是芬芳的

四月是芬芳的
当我与你相遇的时候
蔷薇花儿正纷纷开放
是的，春天是芬芳的
全部的花朵都在展绽
全部的绿叶都在生长
鸟儿们一直在婉转歌唱

夏天也是芬芳的
山野间有重重的绿意
碧水上有千万朵莲花
然后，秋天是芬芳的
所有的果实，以及落叶
都散发着馨香
冬日也是芬芳的
每一片寒风，和每一朵雪花
都蕴含着清冷的香

于是，生命是芬芳的

我喜欢春华秋实的美景

喜欢蓝天上抹着洁白的云

每一个婴孩来到世间
都带着异香
并闪耀着美的光华

于是，情意是芬芳的
相遇的时刻是芬芳的
爱是芬芳的
爱人的味道是芬芳的

是的——
微笑是芬芳的
理解是芬芳的
拥抱是芬芳的
思念是芬芳的
快乐是芬芳的
忧伤也会是芬芳的……
所以啊，我全心热爱着的
这一个婆娑世界啊
它满溢着芳香

2015/04/29

微声

暖阳浅照的午时
让秋千轻轻荡漾起
一点点幸福的眩晕
倾听落叶
在身边飞舞的
微声
想象，你的脚步
轻快地
正为我而来

2015/11/01

清甜

越过了众人的

远远的目光

在空中划了一道

盈盈的弧线

——相接

只短暂的一瞬

但蜜蜂儿却已饱吮了

花蕊的清甜

2015/12/22

目光

你的目光

难道是琼浆吗

为什么我总想饮一次

再一次

直至沉醉

2015/12/30

晓梦

在黑暗与黎明之间
那光阴分外短暂
如刀锋般锐利而又迅疾

神啊，请赐我一个美梦吧
就在此时
请令华枝春满，使
庄生沉醉于蝴蝶之变幻
它轻盈的翅膀在白光中震颤
激动起阵阵身心皆迷的炫彩

神啊，请赐我一个美梦吧
请令山辉川媚，使
鱼儿欢嬉于碧水之波澜
它们有皎洁挺拔的身段
而天与地是如此之广大自在

神啊，请赐我以绚丽华章
赐我以生命最深层的芬芳

请赐我随心所欲的力量
使我藉以
轻捷穿越时间的裂缝
与某些无法触摸之情境
在依稀仿佛的晨光中
懵懂面对，或——
欢欣相逢

2016/01/27

错落

曾经有过一条旖旎的路
沿着湖水，环绕曲折
我们都常漫行于其间
欢欣又快乐
然而一路之上
却从来无缘相伴左右

空气中似乎还留有一些讯息
你的身影有时仿佛出现在眼前
但我日日只行孤影单
在这寒冬的午时，仅拥有
满目寂寂的清冷水色
和远远不见的零落鸟声

道路漫长，而时空错落
光阴局促，于是步伐迅速
偶尔会遥遥相望
但是终将——擦肩而过
怎能耳鬓厮磨

如何缠绵悱恻
当我将心语涂写在天空
谁会抬头张望见那飞鸿

偶尔在大雨的天气
水面无声满落涟漪
每一朵一朵
都带着些微的柔情蜜意
以及一点点
不可以倾吐的甜言蜜语
碧色的水面上于是布满了
支离破碎的美好意义

鹭影有时孤单掠过寒波
它不能期望于情投意合
鹧鸪远远地鸣唱在枝头
它丝毫也不懂得长相厮守

行色匆匆啊，时空错落
但我们已共享过了
那同一幅山水的秀色
凝视过了，那同一树柳枝的婀娜
吹拂过了，那同一片和煦的春风

也许，还曾共抚触过了啊

那同一瓣——

灿烂花朵

2016/02/04

欢欣

让我轻轻地
喜欢你
仿如清风徐徐拂过林梢
也如月儿静静照耀湖波
并不作太多的停留
随时光穿梭而过

让我轻轻地
喜欢你
仿如白云悠悠飘浮在
湛蓝透明天空
也如阳光闪闪跳跃于
幽谧阴凉林中
并无有丝毫的凝滞
只一种欢欣的情绪

就让我轻轻地
喜欢你
来开启这一罐

岁月酿就的美好琼浆
让我们一起微醺于
一份清新淡雅芬芳

2016/03/09

蓝眼睛

如果拥有一双蓝眼睛
透明澄澈闪闪发亮的蓝眼睛
于是在时间中静静静静地注视
轻柔地轻柔地呼吸

如果拥有一个好身段
勇往直前无畏无惧的好身段
于是在空间里腾跳闪挪依偎磨蹭
温暖地温暖地靠近

如果拥有一颗小心灵
天真好奇无忧无虑的小心灵
于是在世界上左顾右盼东张西望
快乐地快乐地拥抱

如果拥有一种变幻力
就变作那只唯一的唯一的猫咪
于是随心所欲百无禁忌
终日胡乱胡乱地游戏
在你温馨自由的花园里

2016/07/25

我刻意选择了这一个季节

来与你相遇

今夜

今夜的月色是一样的吗
在你的夜空，和
我的夜空

今夜的清风是一样的吗
在你的园中，和
我的园中

今夜的孤独是一样的吗
在你的路途，和
我的路途

今夜的牵挂也会是一样的吗
在我的心上，和
你的心上

2016/08/16

秋凉

春日有无限的光华
使万物分外局促
在许多明媚的花朵
开放之间隙
人们只偶尔地
能相见一次

夏日也同样是
如此这般的短暂
月色、星辰、云霞
都疾速地飞转着
流光溢彩而去
我们全然无计流连

所以今夜
就让我趁着这偶然的
一点明月光
为你书写下简单的
一点诗行

虽然在夏日的灿烂光景里
我们依旧无力
彼此靠近、诉说衷肠
虽然在明日你倏忽的
转身之后
我必将静静体味到
这落寞寂寥人生的
第一道秋凉

2016/08/26

语意

日正当午
有耀眼的光芒
与浓重的绿荫，以及
略微些许的眩晕
是亲切的谈论
和微笑的语意
且还在素帛之上
缓缓刻画下
一些静默又飞动的
美好痕迹
但迅疾地，它们便
随风消逝去

群燕
以天空为背景而存在
遥遥地见证了
一次轻快的会面
我的裙裾恰也是墨色的
可共初秋的风与喜悦的心

一起
轻舞飞扬

于是
便会得记取今日吧
在他年的某次
蓦然回首里
我将清亮地记忆起
今日的你
曾俯身为我、仔细写下
一片冰心
自有灵犀

2016/08/29

染

在低首与抬首
之间
隔着极遥远的距离
想望，抑或是仰望
不能自知

世间久别总相逢
而秋色已深
秋风萧瑟
在大湖之上
波浪阵阵翻卷激荡

那么
就让我染了
这一场风寒吧
染点心念
染尽霜红
我欲
染一身灿烂光色

染天地绚丽华彩

只因——

世间离别

终见你笑颜

2016/10/28

怯

长路漫漫
烟波茫茫
独行的我总迷失于
道路与方向
欲寻觅明灯一盏
恰遇途中你
温暖目光

是怎样的机缘
该如何前行去
靠近——
抑或远离
在这深秋时节
霜叶无端舞翩跹
却谁又能解得
我纷乱心底
那一种微微怯意

2016/11/14

感念

像蓝天
在初秋的九月
你轻轻地笼罩
像阳光
在我迷茫的路途
你温暖地照耀

一生中能有多少
欢乐的
不期而遇
幸运的我怎能不感念
这生命之火的
再次闪亮
和生命之树的
叶色璀璨

2016/11/16

蠡湖幻影

你是烟波渺渺中
那一缕希望之光芒
正仿如镜中的幻影
与水中的明月般
并不可触摸与靠近

迷雾在等待着阳光
或者一场巨大风雨
我也总静静地等待着
一个更真实的你

湖上风云变幻不尽
这一颗常寂又常照的
纯净本心
在悠悠岁月中
已氤氲出了几多
温暖情意
它遍觉十方
且又，一尘不染

2017/01/10

书写

世界的一面春光明媚
另一面却重度雾霾
请允许我稍作迟疑吧
在将这一支蘸满浓墨的笔
向此洁白纸张上
落下之前
是涂写出美好的诗画天然
抑或是徒留污迹与遗憾
如果没有成竹满胸
这人生的风景
我们又怎能随意地
下笔书写

2017/03/20

静默

喜欢你是深色的
仿如浓墨
隐藏着松枝的幽幽清香
也蕴涵着种种细致才思
在悠悠岁月中已任意挥洒出
各式缤纷图画

喜欢你是浅绿的
仿如初春萌发的那些嫩芽
历经许多的沧桑岁月
依然如此之清新爽洁
欣欣然袒露于又一度春风
吸纳每一份阳光雨露

喜欢你是透明的
大道至简、大象无形
那宽厚情怀似春风化雨
每一次扫除满目迷障
还彷徨天地以

清静宁和

喜欢你是静默的
在这漫漫路途之上的
偶然相遇
彼此只远远地
微笑不语
有一份默契却早已
深深地
会然于心

2017/04/05

想望

让我轻轻轻轻地想象你
在这花开的、花开的四月
生于世间就必然寂寞
于是在漫漫长路之上
渴盼有一种怀抱
似大山般的宽广
似大地样的深厚
渴盼有一颗心灵
如湖水之清澈澄净
如太阳之光辉温暖

让我轻轻轻轻地想望你
在这芳香的、芳香的四月
全部的蔷薇花朵即将
又一度欢乐开放
不可以轻易辜负啊
每一份美好年华
请问人生能有几次
恰到好处的喜悦遇见

我的爱人从春的微雨中来

他是春天骄傲的儿子

在天边的暮色苍茫之前
你可会静静静静地出现

让我轻轻轻轻地想念你
在这甜蜜的、甜蜜的四月
微风吹过来芬芳的讯息
细雨飘洒着温润情怀
鸟儿在所有的枝头快乐鸣唱
最娇嫩的那一株海棠
在阳光下点点闪耀发光
我凝视着你而微笑
在距离很遥远的地方

2017/04/08

探访

我是在五月的傍晚出发
穿着素净的青色衣衫
到达的距离并不遥远
还意外地经由了一条
宽阔崭新的道路
笔直、闪亮而且漫长

大片金色的田野
快乐地袒露与铺展
五月充实的麦穗们
在晚风中轻轻低首微语
夕阳正西下
它分外地拉长了
我孤单踟蹰的清冷身影

徘徊，在碧水绿树
旧屋与碎石小路
昔日的石板桥依然坚固
暮色苍茫之中

我四处张望着想寻觅
一点依稀熟悉的影子
也满心希冀能获得
一次恰好相遇的时机

该是归去的时候了
天色渐已暗沉
但五月的晚空霞色飞舞
五月的秸秆猛烈燃烧
热焰汹涌着升腾起
一些沉默的特殊愿望
全部的空间里
也因此而弥漫开
一份专属于五月的
特殊芳香

2017/05/30

燕子

燕子是极快乐的鸟儿吧
又是在这初夏的雨后
我看见它们
在我的广阔湖面之上
在苍青色的云天下
追逐着飞来又飞去
反复地冲高又俯低
所有的时间
似乎只是为着消磨于
一种欢乐与游戏

而那旧燕可曾归来呢
而谁又能仔细辨识呢
它们细微的身影
在天地之间
生动、渺小并且短暂
然而当春的步伐拂花穿柳
迅速远去
或许它们尚可欣然陶醉于

夏的浓绿

或许，它们竟也会识得我吧

只因过往岁月之

一次次的默默凝眸

于此伫立

2017/06/13

莲花

我的莲花
远远地开放
在碧色的池面上
它们以最轻盈的姿态
和最洁净的心灵
一朵向着另一朵
轻轻颔首轻轻说话

我的莲花
自由生长露珠闪亮
它们此生恰好相逢在
这同一片幽郁水面之上
于是便日日快乐地
彼此相向彼此张望
总随着清风淡淡摇曳
也常静静聆听着
鸟儿们的声声歌唱

或者烟雨或者艳阳

我的莲花

静静地开放静静思量

偶尔它们也袒露出

一派天然纯净的心房

然而

生命短暂光阴急促

未及秋风吹起

我的莲花

在转瞬之间

便已凋落了

瓣瓣心香

2017/06/22

六月烟雨

我想要江南六月的烟雨
想要烟雨中一片
青青荷塘
想要塘上那许许多
亭亭的莲华
要它们
一朵更比一朵芬芳

我想要芳草萋萋的天涯
要一次孤单又漫长的远行
和风尘满满的行囊
想要途中与你
偶然的相遇
要一颗已历沧桑的心
纯净仿如初见

我想要相逢后长长的路途
要你从此就一直
行走在身旁

要一种温情的陪伴
和热烈凝视的目光
还要一首深情的歌
会蓦然响起在
月色如水的晚上

是的，我需要所有这些
极美好的想象
譬如缘分、遇合以及默契
譬如牵挂、思念甚至热爱
譬如你，也许真的会
与我灵犀相望

2017/06/22

重瓣莲

如果可以为来生许个愿
就请让我在时光中
成长为一朵重瓣莲
我希望我是诞生在江南
波光潋滟的湖面
置身于田田的莲叶之间
我应该不会觉得孤单
在告别了长久的黑暗后
我就将在极短暂的光阴里
开放出最华美的容颜
并相遇，所有的一切
包括阳光、清风与雨露
包括飞鸟、游鱼以及云朵
包括偶尔路过并驻足凝视的
亲爱的你——
恍若隔世
俊朗如昨

2017/06/24

暮云之问

天上的云朵啊
你们来自何方
在那飘浮不定的时光中
你们常常是快乐
还是忧伤
你们恒久变幻的生命
是否也有着自己
温暖的故乡
每一回风起的时候
你们又是在一起奔向
哪一个地方

美丽的云朵啊
你们可也曾有过一些
憧憬与梦想
偶尔相遇后陪伴着前行
那共同的路途
又能够有多长
在最后必须转身告别之时

你们是否也会
依依不舍地
相互凝望

洁白的云朵啊
在暮色降临时分
热情也一并降临了吗
当夕阳慷慨地为你们
镀上金光
是否你们就成为了这世间
最为耀眼和珍贵的
灿烂晚霞

2017/07/05

蠡湖情愫

我曾凝眸于你
在春日
一枝初梅的含苞待放
一尾游鱼的新鲜灵动

我曾屏息于你
在盛夏
一只蜻蜓的翅翼闪亮
一朵莲花的静静开落

我曾守望于你
在秋日
一片浮云的自由飘飞
一树霜色的徐徐染红

我曾讶异于你
在寒冬
青青湖水的蔚蓝澄澈
洁白鸥鹭的倩影翩翩

神啊，请赐我以绚丽华章
赐我以生命最深层的芬芳

蠡湖的碧波水啊
我与你相知相伴
我对你情意日深
我爱你春风温暖，也恋你云霞绚烂
我爱你远山青黛，也悦你鸟鸣悠然
我爱你涟漪轻柔，也慕你浩渺波澜
我呼吸于你的呼吸
也欢欣于你的欢欣
我走过了你绿意盎然的
每一条幽闲道路
我愿以今生光阴蹉跎
与你就此长相厮守

2017/07/11

如约

秋风会如约而至
就与每一次春风的到来一样
在炎夏的酷热中
当我们静静静静地屏息等待
它便会突然突然地莅临人间

万物自有其命定的节奏
因此
我们也许不用走得太快
我们也许可以放慢脚步
且侧耳聆听那天边的惊雷
它即将带来第一场秋的骤雨
以及阵阵凉风如许

所以
我想我应该可以相信
你亦一定会如约而至
与我从容欣然相遇
正如一场必然的清风

相遇那必然的明月夜色
也如一道明丽的霞彩
相遇一片湖水之澄澈波澜

我们可以相遇在春天
以百花编织成我们爱的冠冕
我们可以相遇在夏天
在绿荫的山间共同啜饮清泉
又或者是在某一个秋日
满目山河金光灿烂
大地在阳光下充溢着
璀璨夺目的千般色彩
这风景恰似你的笑脸
正与我想象中的一般
迷人温暖

是的
秋风它会如约而至
就与每次春风的到来一样
你也必定会如约出现
就与我所静静期待和等候的
一模一样

2017/08/07

夏天

雨季终于过去
让我们欢迎夏的到来
久久郁结的雨雾
已然散尽
天空湛蓝，白云朵飘浮

夏天，有最厚重的绿色
和最鲜明的光影
夏天，在海滩
有浪花、笑容和彩裙
夏天，在山中
有溪水、凉风和浓荫
夏天，有最遥远的路途
最绚丽的云霞
和最璀璨的星群

天空湛蓝啊
这白云朵飘浮的夏天
有着超过其他所有季节的

温度和热情
所以，就让我在此给予你
最真切的思念
最缤纷的回忆
和，最绵长的情意

就让我们在此
欢迎夏天
（夏天，让我们期待——
最意外的相遇
最喜悦的目光
和最美好的心声）

2014/07/07 日

生命是寂寞的

没有船只航行的河流
是寂寞的
没有鸟儿歌唱的树林
是寂寞的
没有雪花飘落的冬天
是寂寞的
没有你的微笑的，我的漫长的路途
是寂寞的

没有清风淡淡的吹拂
柳枝是寂寞的
没有碧波上田田的莲叶
夏日是寂寞的
没有湛蓝湛蓝的天空
和飘浮的白云朵
秋天是寂寞的
没有你轻轻的问候，和温暖的目光
我的生命是寂寞的

2018/01/25

或许

当春天来了，梅花开了
这梅花是我的
也是你的

当天气晴朗，湖波澄澈
这湖波是我的
也是你的

当晚风轻轻，明月皓洁
这明月是我的
也是你的

当春风吹来，春雨飘洒
有一种忧愁
它是我的
不过，或许
它也会是你的

2018/03/02

二

距离

问谁，谁知

长长光阴调皮的播弄

寂寞生命无奈的不息

我们相遇，又总是别离

为什么

冰雪才刚刚融化
树叶儿刚刚发一点芽
花儿们一朵也没有开放
为什么呢
三月的微风却已经这样芬芳

在那熙攘的人群中
我只是偶尔地看到了你
并没有说过一句话
也没有展露过一丝笑容
为什么呢
我的心儿却快乐而又慌张

2008/03

第一个

春风吹来的时候
是哪一枝柳条第一个发芽
湖边的梅林里
是哪一朵花儿第一个开放
泛绿的柳枝上
是哪一只鸟儿第一个放声歌唱
微波轻漾的水面上
是哪一条鱼儿第一个在流浪
心儿寂寞空白的时刻啊
是哪一个人儿
第一个
轻轻地——向你张望

2012/03/29

昨日秋千

温暖安静的黄昏
阳光洒照着我的秋千
一切都很模糊遥远
真实的唯有，我眼前的你

你凝望着我的目光
有一种温柔的爱意
而我洁白的裙裾
夕阳里竟如此绚烂美丽

在那个遥远的黄昏
一个安静的世界的角落
你强壮的臂弯
曾将我轻轻环绕
而你宽广的胸怀
也容纳了我忧伤的述说

可是岁月很快就过去了
多年后一切都已模糊遥远

在今日你我如风的记忆里

再何处觅当日款款深情

而那昨日秋千

是否依然静静映照着——

寂寞夕阳如画

2007/10

相逢与道别

生命中充满未知的喜悦
有时候，是清风和明月
有时候，是故友与新交
所以，亲爱的朋友啊
我欣喜与你的相逢

在灿烂的季节里
如果我们遇到，就让我们
快乐地互相凝视着微笑吧
知道此后的路途
多了一份温暖情谊
少了些许寂寞阴影

但生命总在相逢后别离
无尽的旅程啊
有一个又一个古道长亭
就像那在时空里传唱着的
永远的忧伤——
芳草萋萋碧连天

晚风拂柳笛声残

在西山的夕阳下
如果我们告别，就让我们
微笑着低头别过吧
我的牵挂和祝福会陪伴着你
踏上那遥远未知的路途

2006/01/05

我的裙裾恰也是墨色的
可共初秋的风与喜悦的心
一起，轻舞飞扬

静静的夜

在静静的夜
我需要将你等待吗
心灵仿佛已经靠近
距离却依然是那么的远

长长的旅途的寂寞
总让人不停寻找着什么
于是偶尔相遇的时候
就不愿只是用目光交流

我需要将你等待吗
就像等一场未知的盛宴
也许会有华美的衣衫和满席佳肴吧
但，谁爱那曲终人散的寂寥

在静静的夜
我需要将你等待吗
仰望澄净晚空寻找一颗流星
想用它来判定
这难卜的命运

2005/12/08

涟漪的消息

因为所有的相遇最后都要别离
所有的故事都必须有结局
所以，从今日起
请让涟漪沉静下去吧
让我们就此——断了消息

南飞的雁啊
也许懂得我的心意
在那久远久远的时间里
当我的目光与他对视
为什么相识得如此之晚呢
为什么来自决然不同的境地

请让涟漪沉静下去吧
春花只徒然有些许的艳姿
秋叶终于都会回归大地
一切的盼望都是多余的
我愿我心默默如海底

所以，就让我们断了消息

让那清风自由，来又去

在那久远久远的时间里

让我们——

也许相遇

也许忘记

2005/12/10

雪花之歌

轻灵地飘至我的窗前
她来得我全无防备
这白色的快乐
是纯洁的吗

在遥远的空间里诞生而降临
她是来寻找什么的呢
好奇着这美丽未知的世界
所以愿脱离那寂寞冷清的天堂

她寻找什么
她可能找到
可惜这世间
多的是污泥和谎言
最稀缺洁白的喜悦

但她来时
就给人们带来希望
他们对她微笑

微笑着看她——

献身于沉默的大地

也融化于冰冷的冬池

2005/12/31

兰的愿望

幽兰自生于芳泽
她快乐地微笑着
她的幸福是满溢的
不需要理由啊
不需要理由

在她的世界里
天总是那么湛蓝
碧水清澈温柔
明月和微风是她的好友
日日将她悉心呵护

幽兰生于芳泽
她的生命充满喜悦
她的心灵只知道欢乐
不需要绮梦啊
不需要绮梦

所以，如果有日你经过啊

陌生的人儿

请你只远远地欣赏，并

放轻你的脚步

因为，她的平静是珍贵的

不允许打扰啊

不允许打扰

2006/01/04

秋天的月光

秋天的月光悄悄洒进了我的窗
在这清凉的夜晚
让我默默地、默默地
想起了他

亲爱的人儿啊
隔着这远远、远远的距离
你是否依然安康
那旧日如水的眷恋
真的已全然消逝了吗

我亲爱的人儿啊
隔着长长、长长的距离
我依然不能将你遗忘
那青春的洁白的欢喜
曾分明跳跃在
江南美好春光下

2005/09/27

想象

我想注视你
以你注视我的那一种
目光
我想靠近你的心情
正如你想靠近我
一样

但
这一种爱，是否
只存在于想象
所以，让我们就这样
远远地对望

万物在生长
情感的滋生
和万物一样
无法阻挡

难道，就让我们这样

远远地对望

深深地——思、想

直到雨落的季节

雨落时

别离无声

1997/03/10

喜欢

喜欢你
你年青活泼的样子
你胡乱唱出的歌
慢慢渗入
我的内心

那些零乱的句子啊
在夜风中
我已静驻着听过
并在孤灯下
一一
细心收藏

1997/03/11

距离

隔着长长的时空的距离
我们已注定无法相聚
就此别过吧
在岁月里模糊彼此的容颜
虽然
仍会偶尔想起
也许
时时惦记

但是
在月圆的夜
我可不可以放纵自己呢
月这样的亮啊，我
是否可以
与你执手相看

可他们说
所有的故事，或许
都有相同的结局

所以我又宁愿

没有开始

在这月光如水的夜里

让我们就此别过吧

让我们——

不要开始

1996/12/26

世间久别总相逢

而秋色已深，秋风萧瑟

心扉

那一夜

等候你的消息

一次次地想开启心扉

又一次次，轻轻地掩上

寂寥的长夜啊

孤

灯

只

影

2005/12/5

等待

为什么你不来叩我的门呢
整个的晚上
我都在等待

为什么，你不来叩我的门呢
又错过了啊
一个温暖的春夜

为什么你不来叩我的门呢
我看见月牙儿在天上
和我一样形孤影单

为什么，你不来叩我的门呢
为什么不肯给我
我所期盼的——深情

1997/04/11

别离

我听到
别离的笙箫
在静静的夜里
突然急促奏起
你微笑的脸
难道就这样——
就这样消失在岁月里

明日阳光明媚
我也许不会哭泣
有一种力量
在生命里不可抗拒
我记得，歌里唱道
天下没有——
不散的筵席
天下没有——
不散的筵席

但为何不能

再多一点点相聚
再多一点点记忆
安排这人生的
究竟是上苍
还是，我们自己

转瞬即是天涯
你的微笑难道就将
消失无迹
在别后彼此的心底
还会有多少的、多久的
相忆

（别后春日落寞
凭谁问，天涯芳信）

1997/05/08

月夜

月亮是在去向你所在的地方吗
倘我能乘着它去找你
该有多好
在高天上细细寻觅
凭着它的光亮
欢喜地觅着了你
从月桂树上纵身跳下
正落在你的身旁

云儿是在去向你所在的地方吗
倘我能乘着它去找你
该有多好
夜色迷茫，原野疾掠
我的心中只有一个想往
快、快——
去到你的身旁

微风清凉
我觉得它也正在去向你的方向

在清风里飘飞、飘飞
我要去到你的身旁

此刻你在做些什么呢
是在与家人欢笑
与友人对饮
还是亦独自对月冥想

追忆那惘然的过往
曾在夜风中共徜徉
而来日不可知的相聚
又会在何年何地

何日才能再相聚呢
何日我能乘风、乘云、乘月而往

1997/09/16

一样

四月的夜
一样的月
一样的星空
一样的风
一样的，温暖袭人

不一样的人
还要一样地等待吗
等待
依旧一样地
落空

1998/04/03

期盼

我期盼有歌声在暗夜传来

仿佛认定那就是你

我是依然在期盼——你的关切

虽然沧海桑田

终我俩长长的一生

都似已注定将

游弋于彼此的温柔和幸福之外

但默默地，我总是在期盼

期盼——

你的身影、你的面容

你的歌声、你的深情

你的一切一切……

在这孤独的初夏的天气里啊

我期盼——

青春不逝，你我再相聚

于是那样喜悦的夜晚啊

也许可以

再来一次

1999/05/28

不眠

春

枕着江南的夜雨

入眠

也枕着

对你不尽的思念

不眠夜，于是

从想你开始

而这三月的寒雨

是否

也正敲打着

你的南国的

孤独的窗

1999/03/13

谁知

问谁，谁知
长长光阴调皮的播弄
寂寞生命无奈的不息
我们相遇，又总是别离

问谁，谁知
夜来夜去匆匆的梦影
明媚又黯淡变化的心意
有时记得，有时却忘记

问谁，谁知
当日和今日你的心底
今日和当日我的底心
那一片隐秘的温柔雾气

问谁，谁知
这生命的逻辑
和情爱的定义
请允许我今日——有所怀疑

1990/09/14

南方

当我的列车
与曙光相伴着行进
打开窗帘，我发现
我已来到了，你的南方
这水草丰美的南方啊，你的南方
在蓝天之外是更广远的蓝天
在绿色之外是更葱郁的绿色
青山之外更多的青山
歌声之外——更多的歌声

遂想起
那热情迸发的声音
和深深期待的目光
在第一次相遇的
短暂时光

2006/06/29

贴近

在一个春天的清晨
你静静的身影
贴近了我、我的心
使它屏息
也使它凌乱
仿佛间似乎有一种芬芳
在空间中弥散

你的身影啊
它贴近了我的心
只由于偶然
本来是无意
但却就此慢慢地
开始渴盼
那明亮的眼眸，以及
微笑的
唇

光影在绿叶间跳跃

就像

我的目光在你的身影上

跳跃

请给我一个诉说的理由吧

给我一个关于春日的

悠远记忆

在空间中弥散啊

然后消失去

你的眼眸

你的身影

你的气息，和

这个春日

最初及最后的

芬芳

2007/06/02

一生中能有多少
欢乐的，不期而遇

是

是四月清风的拂面
是初升朝霞的新鲜
是明媚月光的爱怜
是你我初初的相见

是野花带露的笑脸
是流水潺潺山野间
是一树海棠悄悄开
是美好岁月的依恋

那轻轻凝望的一眼
是漫漫旅程的欣悦
是无以言说的呼唤
是擦肩而过的遗憾

2006/05

寂寞

因着清风的吹拂
和明月夜露珠的润泽，
有一些花儿
在六月骄阳下
悄悄开放了
路边小小的粉白玲珑剔透
树上娇嫩的黄色压满枝头
水中亭亭的身影天生婀娜

但六月并不是花儿的季节
所以向着纷杂的人群
它们只展绽了一丝笑颜
而如果没有你
没有你的曾经经过
那么有谁会注视
并听见
一种人间喧嚣中的
花开的寂寞

2007/06/15

梦境

我一直期待的
只是那样一个梦境

在夜的湖上，月儿明亮
静，四周只一片静
间有远远的鸟鸣
波光粼粼
小船无遮，随意漂荡

但愿得，有你在身旁
轻轻相拥着
这期待已久的甜梦
这不愿睡去的梦乡

只是一个眼神
就已足够
我期待的，只是
你眼底那一抹
看得清的温柔

为了这样一个夜晚

或许，我将用长长的一生

来等待

但，仍不免会失望吧

冷月无声

年年清秋节

1995/12/08

你好，忧愁

在五月
有一种忧愁
也许只与春风有关
风啊，它苏醒了大地万物
也湿润了我们的心灵
于是这春天里的相遇
也带着一丝潮湿的气息

从清晨疾步走去
我满怀是热切的期盼
在正午落寞归来
我的心啊，它失落了什么
黄昏的霞色漫天飞舞
是谁独自凭栏在高楼
而当这个城市的灯火
处处阑珊
谁与谁能够寂寂地
相互想念

这一种忧愁啊

是在春风中酝酿

所以它点染了百花的芬芳

但是我其实并不知道

到底怎样的相遇

才能够不是太早

也不太迟

我应该以一种怎样的姿态

走向你

才可以快乐地

在流溢的光阴中，轻轻

刻下痕迹

也许，我愿意忧愁

如果这是与你相遇的

必须付出

那么我就愿意它

反复徘徊在心头

我愿意忧愁

我愿意年年春风来时

拥有那蔓生春草的绿意

我愿意岁岁秋风起处

望穿那秋水长天的澄澈
如果在这些时候
我总还可以、总还可以啊
将你默默记起
我就愿意忧愁

我愿意忧愁
如果只有在忧愁中
我才终于能够、终于能够
再
见到你

2007/06/04

五月的愿望

请让我遇见你吧
在这蔷薇花开放的五月里
如果生命中有不容错失的邀约
就让我们选择一个最美的季节

暮色里有鸟儿在独自鸣唱
你可听懂了它清冷的声音
而当圆月忧郁地出现在晚空
她会照你的窗棂以怎样的光辉

春光逝去得如此之快
而我们已告别太久了，朋友
所以我忍不住想望你的容颜
在这蔷薇花纷纷开放的五月

我忍不住想望你的容颜啊
就让我们再次遇见吧
穿越过纷扰的时间和空间

也许那五月的清风和芬芳
可与我们长相陪伴

2006/05/14

见

一个轻风沉醉的晚上
芬芳馥郁的树影
环绕
相对，正符合想象
笑语，就觉得欢畅
人生真的可以这样
轻而易举地快乐吗

见，只此而已
语焉不详
看得清诗句
看不到目光

夜，滑入深沉
无有期望
再见——又何时
他年，某地

2011/06/07

如果 · 爱

一切都是注定的吗
今生今世，某时某地
你将穿过人海，前来与我相遇
而我，将就此爱上你
从第一眼起

要走过多少的路程呢
在你我相见之前
是否已历经困苦
而那相见之后的路途
也许更为艰难和漫长

快乐是人生的海市蜃楼
只短暂存在于朝夕之间
那些上天随意安排的游戏
我们为何玩得这般认真

于是
在南方相遇又别离

在北方，别离又相遇

在心中辗转反侧难忘记

在梦里，夜夜呼唤你名字

而一切真的都是注定的吗

今生今世，某时某地

我将穿过人海，前来与你相遇

而你，将会爱上我

就从第一眼起

2006/01/13

喜欢你是透明的

喜欢你是静默的

诗的本义

如果有一日
我真的成了，所谓
诗人
那只是因为
在那短暂的青春里
我曾经
与你相聚，与你别离

所以那些被流传的，所谓
诗啊
一句一句
都是我昔日
和泪，或含笑
为你写下的
相思字

而如果有一句
有一日
被你看见，被你想起

我以为，那就是

诗的本义

1999/04/10

歌

在岁月中听了千百遍的
那一首歌，是
与往事有关的
与
漫漫光阴中
已远离去的你
相关

有时候
是轻弦慢语
有时候
是急鼓激荡
于是，那不可复制的
我的青春，与
你的深情
在歌中
被一再地
咏叹过了

2007/05/30

秋天的遇见

在那金色的、金色的秋天
如果我们轻轻地、轻轻地遇见
会有含笑的凝望吗
或者只是带泪的心声

春日似早已离我们远去了
谁还记得那些深情的歌唱
青春里忽忽的聚散
正仿如天际流星的短暂

人生亦是如此的短暂啊
也许并没有太多的欢乐和忧愁
就已到了夕阳满天的暮色
你鬓上隐约的银丝
映照着苍苍翠微的来时长路

只能低首再次别过吗
虽然天涯路漫漫
却总是不能相伴

即使、即使我们能够

轻轻地、轻轻地遇见

在那金色的、金色的秋天

2005/09

每一个距离

那苍郁的、苍郁的西山
离我到底有多远
如果从清晨向着它出发
日暮时分我可能到达它的脚下

那茫茫的、茫茫的东海
离我到底有多远呢
几时才能靠近它的身旁
静静聆听那些寂寞的声响

那湛蓝的、湛蓝的天空
离我到底有多远啊
当白云在它的怀里轻柔地飞翔
可曾有着自己的方向

离我到底有多远呢
这个世界上我喜欢的那些事物
春风、秋水、明月夜
以及你的，温润的目光

离我有多远啊

当彼此的方向不一样

距离是否就一定是

越来越漫长

2006/06/08

贪慕

少年，你转身离去
留下许多空白
和大段的忧愁，因为
我贪慕你的明眸

你是带着乳香的自然之子吗
笑容魅惑闪耀着异彩
照亮这日渐黯淡的似水流年
我贪慕你的水色啊
正仿似贪慕
那高原湖泊的清澈

少年，你可知尽江湖之宽广
有自愿入网的鱼儿吗
有渴望疼痛的心灵吗
有寂寥落寞的思念
会一路相伴着远行的身影吗

少年，你已转身离去

留下大段的忧愁，因为
我贪慕你的青春

一切才刚刚开始
清晨草木的芬芳气息无限弥漫
明媚的阳光即将照耀大地
蓝天上一定会飘浮起白云朵朵
偶尔的风雨也将带来
滋润和香甜
少年啊，我贪慕你的青春

相遇仿如重逢
我看见，你的眼眸
蕴含有琥珀的光泽
但，是怎样的鸿沟
横蛮地划定于天地之间
即使我有最俊美的宝马
也难以跨越吧
即使，我能借来白鹤的双羽
却又怎追踪那已逝的
漫漫光阴

然而，少年啊

关于那忧愁的惘然滋味
你是无知亦无觉的
你所热情拥抱的仅是
人生之初那玫瑰色的绮梦

有一种爱意
还未曾开始就注定要错失
有一种心愿
在寂寂尘世不可望也不可及
有一种花朵
在暗夜未及开放就疾速凋落
所以，少年啊
我又怎能将你的明眸贪慕

即使
它以一道喜悦的光芒
映照着六月晚空的流霞
早已暗暗地悄悄地
射伤了
飘泊至天边的我的孤独

即使，有人曾经
在漫天璀璨星光之下

静静地久久地伫立

并默默许下了今世

不羁的愿望

2013/07/06

五月的晚空霞色飞舞
五月的秸秆猛烈燃烧

不忘

让我念念不忘
我心爱的少年依然在远方
他有着最清新的俊秀模样
他曾赠予我的
夏日里第一朵白色玫瑰
留下了长久的芬芳

让我念念不忘啊
让孤独的人孤独地
漂流在岁月的广漠洋流之上
你的船帆鼓动着思念的风
我的船舱满载往昔美梦

让我念念不忘
那一种意外的喜悦相逢
有多少是前世的因缘
和多少今生的困惑

就让我念念不忘吧

让距离遥远的心儿反复彷徨
让静默的念想
在每一个静默的午夜徜徉

在每一个华枝春满的四月
和每一个天心月圆的凉秋
每一次行走在路上
清风吹拂过来的时刻
让我念念不忘
让生命中那些最美好的时光
予我们以——
最终的回响

2014/01/02

三

四季

当春天到来啊

我的朋友，请不要忧伤

因为一切都有着希望

一切都会有，新的模样

春天的消息

春天的消息在萧索的柳条上
寒风里飘落了最后一片枯叶
小小的嫩芽儿已开始萌发

春天的消息在小小的玉兰树上
茸茸的苞骨朵努力长大
美丽洁白的花儿啊就要绽放

春天的消息在淡色的蜡梅枝上
只要你路过她的身旁
就为你送来阵阵清冷的香

春天的消息也在小河里
一半是冰雪，一半已融化
我们高兴地听到了流水的声响

当春天的消息在风里传唱
所有的风儿就都改变了方向
它们相约着，从南方一路飞奔北方

春天的消息啊

在蓝天下、在阳光里

在无人的小径

在喜鹊的花翅膀

其实，它一直就停驻在——

我们快乐的心上

2006/03/06

春天（之一）

春天
是云开天霁
清风吹我的长发
是褪下冬装、着轻裳
去湖波上荡漾
是艳阳下一树一树怒放的花
是各色绿叶儿快乐地长大

春天，是
你我初初相遇的
美丽时光

2006/04/10

春天（之二）

红的杜鹃花开了
白的杜鹃花开了
春天到来的时候
什么不在开放

梧桐树长出新芽
柳枝飘飞白色花
春天到来的时候
我的心也在生长

当春天到来啊
我的朋友
请不要忧伤
因为一切都有着希望
一切都会有
新的模样

1995/04/24

曾经

曾经有清清的风
曾经有美丽的月
曾经有甜甜的
夜的气息

曾经携手湖边
相伴雨中
在大雪的天
你也循声前来
深情相拥

在菁菁校园
我们曾经有
最美的爱

1996/02/29

希望

当雾起时
我希望是在林中
有花香
有清风
有你，温柔的抱拥

而当春来，当雨落
旧日的那片林子
是否还依然
静静地生长
也静静地记得
我们的年少

1997/02/25

沉香

夜深
夜静
燃一炷心香
逸出淡淡思念
许多婀娜的线条
轻盈地飞展
往日缱绻时光
逐一重现

一炷香的辰光
确实极短
但我们必须
将时间局限
毕竟那旧时芬芳
缥缈踪迹已远
更应当却是
惜取眼前

2017/12/15

荷叶与珠

风雨过后
在许多的荷叶上
留下了许多
晶莹水珠
是因着叶的不染
方成就了珠的莹润

依然共同飘摇着
在雨后的阵阵清风中
那一丝、又一丝的震颤
仿佛就是
在某些心房存储久远的
点点温暖记忆
轻盈，也微微沉重
在长长的时光中
它们徘徊，又复辗转
因为
总是难以舍弃啊
难以舍弃

也总是不忍离去啊

不忍离去

2014/07/15

就让我们断了消息

让那清风自由，来又去

问莲

莲啊
当你出水之时
是在黑暗中等待了多久
方才见到这世间的光明
而那前生的记忆
是否总还是清晰

莲啊
当你凋落之后
是红颜远逝的悲伤
和短暂此生的憾意
或者却是——
终于化为了水上轻舟
能度一切苦厄

2014/07/15

蝴蝶

七月雨后的清晨
仿佛所有的青色蝴蝶
都来到了
我绿意重重的北窗前
它们翩翩、又复流连
只为着那唯一一株
恰好开花的树

蝴蝶的世界
是使用哪一种语言呢
它们于何时从何处降生
又会至何时向何处离去
在去而复返的生命中
在一次次迎风起舞之时
那每一片透明的彩翼
是否都已承载过了——
爱、希望和光明

2014/07/25

行走

每一次漫长的行走
常常都是在喧嚣筵集的
灯红酒绿之后
为什么
要如此日复一日地
行走在极暗的夜
或者，极清冷的晨
呼吸了许许多
严寒与酷暑
也许你只是需要
一种孤独
需要清冽的空气
需要最安静沉默的风景
需要凝神、注目
从而才能细细地获得
一些关于万物及内心的
真实线索

而今日、此时

你离家的距离
到底又有多远呢
以及——
离温暖的距离
离灯光的距离
离一个拥抱的距离

2017/12/07

雪

夜里落的大雪
到清晨已全部融化
一条船从运河里
静静开过来
在它的乌篷盖上
还留着薄薄的一些雪
就好像是
世界已经清醒
只有这船儿还在回味着
昨夜的一点点梦境

2018/01/05

九月之遇

我们是快乐地相遇在
九月的蓝天之下
远山青黛、碧波微澜
大湖上帆影点点
沿着这条小径前行去
有一枕轻梦正待开展

夏日的炎热渐渐散去
让我们期待一次
洒满金色的爽洁秋天
你的眼眸如此明亮
我的笑容依然烂漫

青春的足音徜徉跫然
我们共同欣欣于
这生命旅途的意外相逢
我们喜悦的心灵
共鸥鹭齐飞翔至
那宽广无垠的湖面

而人生难得是欢聚

唯有离别多

当满树丹桂细密地盛开

我们已然静静地作别

朋友啊，此去世间许多路

青鸟殷勤，也许会

——偶尔探看

2017/09/30

无锡欢歌

一、春光之约

这个城市的春天
是从满满的一园梅花开始
先贤的足音尚未远离
教四面青山入画
使日日皆有好花
这一份永远的芳馨
是他以大爱为世人布下

湖边安静的樱花
每一次都如期绚烂开放
她们来自异国他乡
却爱上了太湖的潋滟波光
春色璀璨，人群熙攘
当四月的清风吹拂而至
请你记得共同赴约与
那碧波相映春花

寄畅古园的池水澄澈
远山的塔影已遥望百年
棵棵大树于春风之中
绽出又一番新绿
沧桑历经，此心却依然年轻
当杜鹃花儿遍开在山崖
何处不是最美好的春光

蓝天伴着白云
青山依着碧水
这就是我们心爱的城市啊
无锡——一片灵动秀美的江南
一个枕着碧波的梦境

二、夏风清凉

六月的梅子熟了
六月的荷花开了
六月的风云变幻在湖上
六月的情意氤氲在心间
于是向着浩渺烟波
我日日长久地张望
望尽每一片飘落的云影

望尽每一次飞扬的霞彩
也望尽天边所有的飞鸿

而当夏夜的风儿清凉
就让我们相约于
这个城市的灯火璀璨处
一起去看看繁华江南
许多的对影成双
这就是万千诗画所刻画过的
我心爱的江南啊
有一面烟波浩渺的大湖
有无穷尽的水色天光

三、秋色尽染

是九月的晴朗天气
但秋风已萧萧
在大湖之上
波浪阵阵翻卷激荡
而天空澄蓝
阳光灿烂
这一种秋色正好
处处触目皆是

最新鲜的霜红
在庙堂在古园在湖畔
天地之间满溢着
灿烂的光色
与绚丽的华彩
这就是我们心爱的城市啊
江南，已秋色尽染

四、冬雪莹润

在这温润的江南
冬季的寒风将姗姗来迟
如果想等待那一朵
晶莹雪花的开放
会需要很久的时间

蜡梅的淡香已飘溢在
萧索瘦削的枝条之间
冬阳将她们的身影
静静地投射于
无人的小径，和
静默的素壁

大树抖落了全部叶片
尽显所有的劲节
林间的鸟鸣声声
便分外地响亮起来
严寒令湖水洁净澄澈
于是碧水与长天
相辉映而了无界限

等到雪花飘落的时候
梅花也就将开了
冬天最寒冷的脚步
离春风已然不远
这就是我独自徜徉着的
冬之江南啊
一样的如梦似幻

2017/03/16

这一种忧愁啊
是在春风中酝酿
所以它点染了百花的芬芳

蠡湖拾珠

一

如果你想留住
一颗蒲公英的种子
是根本不可能的
等风一来
它就要起飞了
不过在早晨的阳光里
我可以和它玩一会儿

二

今天早晨的蓝天上
月亮一直不肯离开
我想可能是因为
它觉得很冷
所以想和太阳在一起
多待一会儿

三

在冬天
一棵大树落光了叶子
于是很多小鸟飞来了
变成了它的新叶子
它们就一起唱歌和跳舞

四

草地上有一小点
粉红色的口香糖
它好像是在想念着
过去曾使劲咬过它的
那个人

五

有一个鸟巢
待在高高的大树上
它就像大树的眼睛一样
一直在向着远方
不停地张望

六

有一只小马
在公园里站着晒太阳
它是在哪里出生的
它有没有见过
很大很大的草原呢

七

冬天的池塘里
有很大一片
圆圆的绿水草
可能因为它们是
紧紧地挤在一起
所以就不太冷了

八

天气暖和的时候
小鱼们就出来高兴地游泳
天气很冷的时候
小鱼们就躲到了

水里的家中

我很想去看看它们的家

九

那些大树

在冬天落光了叶子

它们一定是为了

让我们晒到更多太阳

和看到更多天空

十

冬天的湖水很蓝很蓝

小鸭子们在湖水里

高兴地玩耍

它们一点也不冷

因为它们全都穿着

厚厚的羽绒服

十一

老鹰在高高的蓝天上

独自飞翔

它从不觉得孤单
因为他喜欢自由
而且它拥有了
很大的天空
和很多的山峰

十二

有几棵小树
从小生长在苗圃里
今天园丁将它们
挪到了美丽的花园中
小树们很高兴
它们喜欢这个新家
它们愿意在这里
一起快乐长大

十三

玉兰树在冬天
安静地晒着太阳
它们为春天准备好了
许多毛茸茸的花骨朵

等到春风一吹来
它们就会立刻变成
又美丽又快乐的花树

十四

小鸟的脚步很小
但它们还有一对
能够飞翔的翅膀
所以它们很容易就可以
去到很远的地方

十五

上弦月的时候
是月亮它想要
亲吻地球
下弦月的时候
是月亮它想要
拥抱地球

2017/12/08

西藏组歌

一

澄蓝天空上洁白的云朵啊
如果想要遇上那心爱的另一个
就必须在风中
努力加快它的脚步

二

在林芝
清凉的晚上
抬头看到皎洁的月亮
升起在黛青色的山顶上
低头想见
它照耀满雅鲁藏布江

三

静夜里雪山的寂寞

有天上的星光陪伴
山脚下人家的点点灯火
也温暖旅人我孤独的心窝

四

红珊瑚和绿松石相互辉映
在她娇嫩圆润的耳垂
青春的美好的面庞
正如满月充溢着皎洁光辉

五

英俊又温柔的阿古顿巴
开着他的旅店在大昭寺旁的小巷
他是在静静地静静地等候着
一位相爱的心爱的姑娘来自远方

六

列车停靠深夜的站台
我恍惚走下了沉闷的车厢
吹来清新凉风阵阵扑面

终于看到
格尔木漫天的灿烂星光

七

列车在夜晚经过的地方
都是些富饶宽广的牧场
我曾遇到的那些美丽花儿啊
是否也是在明月光下做着甜梦
到清晨再醒来快乐开放

八

七月的清凉月光
照映在静默的大草原上
也照映着静静行进的列车
和车窗内她熟睡的面庞

九

初生的太阳啊已如此炽热
照耀起错那湖上轻笼的白烟雾
初次的相遇啊我们一见钟情
热烈的心声想纵声放歌诉说

十

在蓝天下和你双双飞
并不需要有一定的目的地
只是双双地快乐地飞啊
就飞过了所有的田野和山林

十一

穿过了开满鲜花的片片草原
也张望了蔚蓝澄澈的块块湖面
如今我的心儿啊只想着
快些飞回到家中爱人的身边

十二

曾记否
面对一池碧色
那夜你曾为我
指点漫天星斗

2008/07/22，于自西藏归途列车上

初春夜

夜
层云遮住了月
但暖暖的气息
却仿佛春到来

春
就将到来
仿佛听到
春雨，已
淅淅沥沥
下起来

春
就将到来
却觉严冬
也去得太快

1995/02

走过忧伤啊，我会快乐
而在快乐的底心
我依然忧伤

春日六题

一、小鸟

小鸟在池塘边的柳树上
有的在说着话
有的在唱着歌
有的在吃东西
有的仰着头
有的翘着尾巴
有的侧身凝思
小鸟在池塘边的柳树上

二、春风

三月，湖边的风是芳香的
它从哪里来
又会向何处去
它会吹拂过所有的大地吗
也曾经过我故友的身边吗

三、柳色

三月
柳色正正好的时候
桃花就开了
这柳色，莫不是
恰为配衬桃花而来

四、蜘蛛

有一只蜘蛛
飞过小河去了吗
因为它的丝线
从河边的栏杆头上出发
飘扬向了虚空中

五、描画

有哪一支笔能描画出
三月柳枝的嫩绿
和池边桃花的娇艳
又有哪一位诗人能描述
它们在池中那些

氤氲迷人的倒影

六、来

在柳树最好看的时候

小鸟儿飞来了

在花儿最娇艳的时候

蜜蜂儿飞来了

那么

在我最美丽的时候

你会向我走过来吗

2013/04/18

玉兰花蕊（之一）

一夜的雨后
我默立在蓝蓝的晴空下
路人纷纷驻足
惊异于我洁白的美丽
他们也感叹——
芬芳尽随那雨逝去

但谁知道呢
有谁知道呢
昨夜绵绵的雨中
我乍放的痛苦与欢喜
昨夜那漫长的漆黑里啊
我所有沉默的孤寂

昨夜，就是昨夜啊
有谁曾前来
来抚慰我惶恐的心
有谁曾前来
来陪伴我美丽的孤独

而今日

今日晴空、艳阳、和风

人群熙攘中

我却依然并不见他

1990/03/14

玉兰花蕊（之二）

盛开、凋零、飘落
一片洁白的花瓣
一段美丽的情缘
一颗悄悄爱过的心

虽然你已离去
但雨还在飘洒
这湿润的季节里
我的心情
我仍要诉与你知

拾一瓣温柔的洁白
我用它再扣你的记忆
再刻一刻我们遥远的往事
在彼此即将淡忘的心底

拾一瓣洁白的温柔
我递交与你

曾经的雨季

请你记取

1990/04

五月

小径上满是青青草

和星星的黄色花

着红裳的女孩

如雀儿一般笑着走来了

五月

阳光太灿烂

1993/05

去年芙蓉

秋色渐深
寒霜微微
你该是今岁最后的
一点娇嫩颜色了吧

总看到，在清晨的枝头
你向着朝阳微笑的样子
几多妩媚
但却无人知晓啊
其实，当你凋落一地
与这个世界告别之时
那一种婉转的红润
却更为娇丽

2012/10/23

疑问

站立在世界的边缘
你是否觉得孤独和无助
环绕着的
也许有鲜花、掌声和笑脸
但是心底寂寞的河流啊
日复一日，波涛奔腾

这无力的生命啊
从何处来
又要向何处归去
一直都是——
没有同伴的长路
没有尽头的痛苦
以及那些
没有答案的困惑

2005/12/20

两面

万物原本是一体的两面
走过脆弱
我会很坚强
而在坚强的边缘
我依然脆弱

走过忧伤啊
我会快乐
而在快乐的底心
我依然忧伤

走过了自卑
我将会自信
而在自信的背后
总有自卑的阴影

走过爱恋啊
你会厌倦
而在愤怒的争吵后

在伤心的泪流后

是否——

依然爱恋

1998/07/31

游戏的真相

每一次相遇，
不过一场游戏
我们扮演着不同的角色
在岁月里打发莫名的空虚

欢乐或者忧愁
笑或者流泪
盼望和等待
爱，或者不爱
年轻，又怅然老去

有人进入
有人离开
远远地——你看见了我
慢慢地——我想念了你
千万别太用心啊
你笑言道
这场戏只得几天时间

你曾经对我唱过
一首关于爱的歌

但戏中的我，已然疑惑
这每一次的相遇
是虚幻或者真实
戏中的你我，既然出现
就注定要消失
而那未知的结局啊
又到底由谁安排
——在哪里

2006/01/05

一种相遇

相遇是——
当你的目光逢着了我的
　　单纯的目光
当你的微笑投向了我的
　　无心的笑容
当你的智慧触碰了我的
　　智慧的闪亮
当你的心上停留了我的
　　心上的快乐

相遇也是——
当我的诗句发到了你的
　　等待的邮箱
当我的问候给你带来了
　　久违的春光
当我的笑容点亮了你的
　　灰暗的天空
当我的身影始掠过你那
　　淡泊的心上

相遇就是——

当你的沧桑遭遇我的简单

我的好奇于是叩问

你的离世

当你的心灵渴望我的倾听

我的心也开始等待

你的回音

当你的思绪飘飞到我的身边

我的梦境从此出现

你的影子

相遇啊，也许只是——

当春天的天空蔚蓝澄清

我们寂寞的心啊

一起体味到了

点点欢欣

2006/03/10

如果

如果有一日
有风掠过你脑际
但愿是一朵白色花
盛开在季节里

如果有一日
有风掠过你脑际
但愿是一只白色鸟
纯洁，又迅速
只一瞬，但——
是永恒

如果有一日
有风掠过你脑际
但愿你微微笑
将往昔奔驰的岁月
和我年青的样子
慢慢想起

1996/05/03

春雨

春雨是从南方的我的家乡来的吗
带着亲人关切的目光
来滋润游子干渴的心田
她温柔的气息
在空间里氤氲开来
止抑了那飞扬的尘土
使绿的叶更绿了
红的花儿也添了娇媚
湿润了啊，每一寸土地
以及，每一个人的
每一颗干燥的心
天与地于是都安静了下来
柔和而美丽

2006/04/06

念亲恩

这一世的缘分
何其深厚，又何其短暂
相聚的时光是
暖的、亮的、飘飞着的
也是无知、糊涂、蒙昧的
数十年您爱心似清泉
细细滋润家园
而我却只日日抵触
以顽劣天性

父亲啊
是在您无奈离去之后的
那个四月春日午后
灿烂阳光里浓重树影下
我才终于、突然
以孤独身影和痛楚心灵
报您以
热
泪

乔涌

2015/06/21

秋天的电话

提起来，按下去
轻盈地，我打电话给你
每一个音符都很悦耳美丽
虽然窗外有风又有雨
可我即将听见你

听见你甜甜的、热情的声音
听见你欢愉的声音
我便就见到了你小小的模样
你分外可人的甜甜的模样

是的，我想见到你
但，叮——铃——
叮——铃——
叮——铃——
电话的那一头却
没有你

1994/10/19

欲望

我一见你就有了欲望
所以，请让我来爱你吧
我们都知道人生苦短
那么何妨就一晌贪欢

我已厌倦了孤单的旅程
厌倦了那长长的、寂寞的夜
请让我来爱你吧
也请你同样付出对我的爱

因为在茫茫人海
千万人过矣
只有你的笑容
停留在了我的心田

请让我来爱你吧
也请你深深地前来——
深深地爱我
因为人生苦短

我们需要相互温暖

如果人生苦长

就让我们一路相伴

请让我来爱你吧

也请你深深地前来——

深深地爱我

在那蓝蓝的天空下

让我们相拥到海边

我们快乐的爱巢啊

就在最洁白的云朵的下边

它面向大海

春暖花开

2005 年春，戏作摇滚歌词

故园春色

春悄悄地又走来
雨也悄悄飘了满天
那些美丽的花儿
又将在故园的湿润里
悄悄开放出满满的芬芳
是的，春又会悄悄走入
我们的故园

但我们是回不去的了
我和你，都已
远远地离开了那园子，不能再返
（虽然我们都很期盼）
徒然还有些暗香
悄悄地在等待
是的，我们是再也回不去的了

但春却是来了，她悄悄地
仍是入了我们的故园
满树的芬芳在细雨里，仍在展绽

而在那绿影里，

默默站立的一对

却不正如旧日的你我

春色满园

毕竟不能辜负

1990/05

记得

你曾经对我唱过
一首关于爱的歌
今日长成的我
清楚地记起，那日
你的局促

我也曾唱给你
那一首简单的歌
你应该还会记得
我那太年轻的笑容

年少的我们啊
曾互相唱过一首歌
而在我们简单的梦里
没有别离
只有相聚的欢乐

花开得正好的时候
月又圆又明的晚上

倘有花开在原野

就让它自行谢去

你曾唱给我

一首爱的歌

并轻轻地、悄悄地

第一次呼唤我

1990/03/03

野芦苇

淡然望去
在所有岁月的尽头
必然是白发的我
面对依旧年少的你
无奈轻叹心底

但我仍愿和你一起
逆着岁月的河流而去
河岸上满是青草和花的芬芳
还有那野芦苇
依然随风飘荡
而我心中满溢着的
只是能再与你携手的欢喜

曾经有旷野的风、旷野的天空
曾经有你伴我去到水边
采集美丽平凡的白苇花
而那日的水
从此便时时低徊在我心底

如你曾经

对我轻语

1990/02/23

秋思

倘有叶在深秋飘落
就让它悄埋于冻土
倘有花开在原野
就让它自行谢去

这一条路原是我所熟悉
循着它我去找过你
秋来它已没入荒草

这一个角落
我曾静坐着想你
秋来山石冰冷
不复当日温存

那一片林子里
从没有什么故事
但即使在这深秋
所有的树木也都在
默默生长

有青鸟疾掠过林梢

愿它能叩开你窗棂

深秋里，你

是那一片可望不可及的

温暖

1990/11/11

秋日忆旧

再相见
我的心已经沧桑
有哪一朵花
依然往日芬芳

林中月色相照
千年不变
曾经的足迹
一行

饮得月色如水
青青年少
月色如酒
记忆中的
不能的向往

是你携我去的吗
夜林中静静的声响
月苍茫

为何不能与你相伴
前缘错落
散失夜林间
思苍茫

然青青年少
笑语忘忧伤

1994/11

夜航船

在暗夜里缓缓驶过的
是我安静又寂寞的心
为什么千舟过尽
却总没有遇见那
可以长相陪伴的身影

两岸的风景啊
我已看了又看
前路还会有
不一样的等候吗
又或者
这世间的景色不过如此
因为我只能年复一年地
航行于
这唯一的河流之上

而当夜色黯淡迷茫
我已无力
辨明方向

载过了秋风

也载过冬雪

而那一年初春的花香

为何仍反复徘徊于梦境

此生难道真的已

永远错过了吗

一个美丽的春日

以及

一种芬芳的笑颜

2012/10/19

荷塘春信

何妨在一个闲散的午后
去园中探问春天的消息
鸭儿们拂水过来的时候
荷塘的春水已经暖了
临水的柳枝也都绿了
远去的北风和冰雪
消融尽枯枝与落叶
但那些柔软的根茎
却永不失它们顽强的生命
在荷塘清浅的水波中
它们的婀娜依旧，并
相互召唤和问候，因为
春天来了啊
春天已经来了
这春水温柔荡漾的涟波
这春风轻暖摇曳的绿色
和那满天飘浮的白云朵朵
以及，高枝上掠过的雀儿的快乐
春天来了啊

春天已经来了

艳阳照耀着春水多彩

东风吻开了春花万朵

于是

我心中重又满溢了欢乐

啊——

何妨在一个温暖的午后

去园中探问春天的消息

2008/03，于清华荷塘边

春风

我友
在叶落与叶生之间
你看那光阴其实极为短暂
春日万物生机勃发
夏日世界郁郁苍苍
秋日的景象处处富饶
在寒冬慢慢凋尽的
那一树树绚烂色彩
转眼却又现满眼葱绿和炫彩

所以啊，我猜想
在死亡与新生之间
那距离应该也同样极为短暂
转换的边缘锋利闪亮
使我们并不及细想
每一次告别之后
恒有新的生命迅疾开始

虽然啊，这一片叶子

已不复是去年的那一片
但是它们之间
又有多少分别呢
这一朵朵花儿啊
不正似去岁的一般娇艳

这世界，也许是恒在的
也许只是一刹那而已
这对我们而言
也一样
并无太大分别

当坚冰开始消融
流水渐渐潺湲
当寒树落尽最后一片枯叶
所有的嫩芽都已暗自萌发
那时节啊便是
春风她又
再一次、再一次地——
吹拂至人间

2016/01/18

仿佛是一朵相思
亦仿佛一朵欢喜
是由于这种相遇
世界才无比美丽

我的春天

我的春天来到了
我的梅花盛开了
我的嫩芽在每一根枝条上萌发
我的小鸟在各处欢欣歌唱

是的，我的春天已经来到了啊
我的微风吹拂过湖水之绿波
荡漾起片片美好的涟漪
我的花朵即将吐露全部芬芳
蜂蝶们正纷纷飞舞至她们身旁
我的明月夜夜高挂于碧空之上
欣然张望那人间烟火熙攘

是的，这就是我的春天啊
我的春天，她已——
又一次、又一次地来到人间
她是告别严寒而来
身上仍带有些许萧瑟的味道
她穿越了大片大片的原野而来

绿意于是满布了整个的大地

这就是我的春天啊我的春天
她的步伐欢快
她的裙裾灿烂
她的面容光华焕发
她的眼眸熠熠闪亮
她的周身缭绕着——
一种俊俏迷人芳香

当云外的第一声轻雷响起
我的春雨啊
便开始欢悦地漫天挥洒
天地之间遂氤氲出
最温暖和温柔的甜美气息
是的，请你仔细观看啊，朋友
这就是我的春天
她已经再一次、再一次地
——降临人间

2016/02/24

谁不爱夏日璀璨

谁不爱夏日璀璨
漫天总云霞变幻
在我的碧波湖上
莲花又开了千朵
而涟漪点点晕染
更比那莲花还多

有时她在水中央
有时她在水一方
每一朵花儿都是
静静静静地开放

仿佛是一朵相思
亦仿佛一朵欢喜
是由于这种相遇
世界才无比美丽

2018/06/28

后记

从年幼时在小学课本上第一次读到李白的诗句开始，我就自然地喜欢上了诗歌并开始阅读简单的唐诗宋词，然后在成长的岁月中，自己也断断续续地开始尝试写作诗歌，并逐渐积累了不少作品。2006年，在初至清华大学校园，过着悠闲美好的读书生活之时，我突然兴起了出一本个人诗集的念头，并得到了同窗好友们的齐声赞成。后来又幸运地遇到了时任中国青年出版社编辑的万同林先生，他毕业于南京大学中文系，恰好比较欣赏我的作品，因此不但热心为我联络了出版事宜，还特意为诗集写了一篇《编余小札》。文中不吝赞美之词，评论我的诗歌“简洁纯净、清新明快，是一种性灵的自然呈现，带着稚气的赤子情怀，折射出了生命自觉中最透明的心境”。2007年底，诗集《四季的声音》顺利出版了，非常感谢当时的同窗好友彭璐为该书设计了版式并配了很多美丽插图。

2007年的这本诗集诞生于一个人们已远离诗歌的年代，印数较少，因此它的读者也很少，但陆续地我还是收到了一些肯定，比如清华好友滕晓铂和她曾任小学高级语文教师的母亲，无锡人文书店百草园的创始人刘征宇先生，以及长期执教于美国密歇根大学汉语专业的我的表嫂刘威女士，等等，他们都很欣赏我的作品。尤其是刘威女士，在读过之后特别来信称赞我的诗歌非常干净，体现了心灵、生活和情感的清纯，以及对爱的体验的执着。

2010 年我告别清华回到江南小城无锡之后，又陆续交往着一些旧友新朋，他们大多喜欢我的诗，其中有的是设计师，擅长做书籍装帧设计；有的是画家，愿意为我的诗集再配新插图；还有的擅长朗诵，乐意协助我举办诗歌朗诵会。这些于是给了我新的鼓励，使我动起再版诗集的念头。

我不是一个多产的诗人，也一向缺少对生命本质的深入研读与思考，因此全部的书写只涉及个人的简单心境。在二十多年的时光里，我只写下了一百多首诗歌，而且，40 岁之后白发初生、青春远去，我心头的温柔诗意似乎也渐渐淡去，创作量日渐缩减。还好我偶尔读到过作家毛姆的话，他说："很多诗人一生中写过许多诗集，可是往往只留下两三首真正的好诗，我认为这已足够评价他们。"我自忖在自己的写作中，这两三首好诗应该还是有的，因此也还算心安。

据说诗歌是文学的春花与冠冕，我们写诗、读诗，也许只是因为——"没错，医学、法律、商业、工程，这些都是崇高的追求，足以支撑人的一生，但诗歌、美丽、浪漫、爱情，这些才是我们活着的意义"。选编此本诗集时，我删除了上次诗集中近一半自觉不够精致的作品，并加上了大量近年的新作。只希望本书的出版，能在这个浮躁的时代，让翻开书页的你读到自己喜欢的几首诗，并感受到些许的清风拂面。

本书的插图，是我从北京大观世纪文化传媒有限公司提供的一批世界名画中选取的，其中大多为法国印象派代表人物克劳德·莫奈的作品，他所绘制的山水佳景与我常年徜徉其中的无锡蠡湖景观颇为神似，因而很能引我共鸣，在此感谢为本书的出版付出辛勤劳动的大观世纪员工们。同时，我也非常感谢一路相遇的诸多朋友之热心关切，他们的温暖情谊是我人生路途的重要礼物。另外，这次与本书同期出版的，还有我新译的泰戈尔经典诗集《飞鸟集》，该书有幸采用了著名人文画家刘树勇先生的一批经典画作为插图，可谓诗情画意兼备，我希望这两本新作都能遇到多多的知音。

最后，我仍要再次致谢我的先生魏东，在我们相遇相伴以来丰盈时光中，他以一如既往的温柔爱意支持和呵护着我，予我的生活以特殊的诗情画意，我对爱与美的诸多细致感受以及随性书写，都与他的存在紧密相关。而在阳光温暖、春风初起的此时此刻，一切都是安静而又美好的，传说中的幸福生活，好像我一直就身在其中呢。

朱丽敏

2019 年 3 月于无锡蠡湖之畔